Cléo, la souris express

Cléo, la souris express

Dorothy Joan Harris
Illustrations de Kimberly Hart

Texte français de Christiane Duchesne

Scholastic-TAB Publications Ltd.
123 Newkirk Road, Richmond Hill, Ontario, Canada

Scholastic-TAB Publications Ltd.
123 Newkirk Road, Richmond Hill, Ontario, Canada L4C 3G5

Scholastic Inc.
730 Broadway, New York, NY 10003, USA

Ashton Scholastic Limited
165 Marua Road, Panmure, PO Box 12328, Auckland 6, New Zealand

Ashton Scholastic Pty Limited
PO Box 579, Gosford, NSW 2250, Australia

Scholastic Publications Ltd.
Holly Walk, Leamington Spa, Warwickshire CV32 4LS, England

Données de catalogage avant publication (Canada)

Harris, Dorothy Joan, 1931-
  [Speedy Sam. Français]
  Cléo, la souris express

Publié aussi en anglais sous le titre: Speedy Sam.
ISBN 0-590-73215-3

I. Hart, Kimberly. II. Title. III. Titre: Speedy Sam. Français

PS8565.A77S714 1989   jC813'.54   C89-094450-4
PZ23.H37Cl 1989

654321   Imprimé au Canada   9/890123/9

Pour Irene et Hugh

Table des matières

Chapitre 1

De bon matin

C'est Jonas qui a vu la souris le premier.

Jonas Lavillette s'est levé tôt ce matin-là. Il aime se lever tôt. Dans le petit appartement des Lavillette, c'est la seule façon d'être un peu seul.

Jonas pose la boîte de céréales et le pot à lait sur la table et s'assoit sur sa chaise préférée à côté de la fenêtre. Dans le siège de la chaise, il y a un petit trou par lequel sort un peu de bourre, mais c'est celle-là que Jonas préfère. Il n'a presque jamais le temps de s'y asseoir, sauf quand il se lève très tôt le matin.

Jonas s'installe confortablement. Il prend une bouchée de céréales et se met à lire le dos de la boîte. Les boîtes de céréales sont beaucoup plus intéressantes que les livres d'école. Sur celle-ci, il y a un coupon : avec 5,95 $, on peut recevoir un vaisseau spatial en plastique. Jonas n'a pas l'argent, mais il prend quand même le temps de lire toute l'annonce.

L'appartement est très calme à cette heure du matin. Tout à coup, il entend un bruit. Pas un gros bruit, mais un bruit tout de même, derrière la cuisinière.

Il laisse là son déjeuner et s'approche doucement. Il entend à nouveau un petit grattement.

Il regarde attentivement derrière la cuisinière et aperçoit une petite souris brune qui le regarde droit dans les yeux.

Elle a les yeux noirs bien brillants, et n'est pas effrayée pour deux sous.

— Bonjour, souris! murmure Jonas. D'où viens-tu?

La souris ne répond pas.

— Tu veux des céréales?

Jonas prend quelques flocons dans son bol et les laisse tomber sur le plancher, juste à côté de la cuisinière.

La souris s'approche et renifle les flocons mais sans grand intérêt.

— Tu n'aimes pas les céréales?

Jonas réfléchit un moment, puis il va chercher le pot à biscuits. Il n'a pas le droit d'en prendre sans demander d'abord la permission, mais cette fois, ce n'est pas pour lui. Il choisit un biscuit à l'avoine et en laisse tomber quelques miettes par terre.

La souris les renifle. Cette fois-ci, elle commence à les manger sur-le-champ.

— Tu aimes les biscuits? Moi aussi, dit Jonas.

Sans penser à son déjeuner, il regarde la

souris grignoter les miettes de biscuit. C'est bien plus drôle d'observer une souris que de manger des céréales.

Bientôt Jonas entend de nouveaux bruits. Cela vient maintenant de la chambre à coucher. Sa mère et sa petite soeur Sara doivent être en train de se lever.

Il entend sa mère ouvrir les robinets de la salle de bain. Quelques minutes plus tard, Sara entre en dansant dans la cuisine.

— Qu'est-ce que tu fais à côté de la cuisinière? demande-t-elle.

Sara a une toute petite voix qui ne peut pas faire bien peur à une souris. Elle continue à grignoter.

— Chut! dit quand même Jonas.

Sara se tait et s'approche.

— Oooooh! La jolie petite souris! s'écrie-t-elle.

— Chuuuuut! fait à nouveau Jonas. Ne le dis pas à maman. Promis?

— Promis.

Ils regardent tous les deux la souris

manger ses miettes et faire le grand ménage de ses moustaches. C'est une souris très propre.

Tout à coup, Jonas entend venir sa mère. Il retourne s'asseoir à table devant ses céréales ramollies, entraînant Sara par la main.

Maman entre se faire un café. Avant de prendre la bouilloire, elle jette un coup d'oeil sur le plancher et fronce les sourcils.

— Il y a de la bourre par terre. Vous avez encore touché au trou de la chaise.

— C'est pas moi, fait Jonas.

— C'est pas moi, répète Sara.

— Mais quelqu'un l'a fait, insiste maman.

— Peut-être la petite souris? risque Sara.

— Sara! Tu m'avais promis! souffle Jonas.

Sara plaque ses deux mains devant sa bouche. Trop tard, le mal est fait.

— Une souris? Quelle souris? dit maman.

Jonas et Sara n'osent répondre. Mais Sara ne peut s'empêcher de fixer la cuisinière.

Maman le remarque et elle va voir par elle-même.

— Hiiiiiiiiiiiiiiiiii! Une souris!

Jonas bondit de sa chaise et s'élance vers la cuisinière. La souris a disparu.

— Tu lui as fait peur. Elle est rentrée dans son trou! dit Jonas à sa mère.

— Je lui ai fait peur? C'est elle qui m'a fait peur! Il faut l'attraper.

— L'attraper? Est-ce que je pourrai la garder? demande Sara.

— Non, je t'ai déjà dit qu'on n'aurait pas d'animaux dans la maison.

Elle se tait un moment et fronce les sourcils de nouveau en regardant sa montre.

— Oh zut! Je vais être en retard au bureau. Vite, avalez votre déjeuner, vous deux.

Jonas sert des céréales à Sara; maman boit son café en préparant les sandwiches, pour elle et pour Jonas. Sara n'en a pas besoin; elle passe la journée chez la gardienne, un étage plus haut.

Un peu plus tard, quand ils sortent tous les trois en vitesse, Jonas pense toujours à la souris. Il se rend compte que sa mère n'en parle plus.

Il espère qu'elle n'y pense plus du tout.

Chapitre 2

Le piège à souris

À l'école, Jonas n'arrête pas de penser à sa souris.

— C'est vraiment une très jolie souris que nous avons, se dit-il. Je vais l'appeler Cléo.

Il se met à dessiner le portrait de Cléo sur sa feuille d'arithmétique. Il lui fait de grandes oreilles, de longues moustaches, de petits yeux noirs et perçants. Il retourne sa feuille pour continuer la queue au verso.

Son dessin lui a pris tellement de temps qu'il n'a presque pas touché à ses problèmes d'arithmétique.

Madame Delanoix, son professeur, l'a remarqué. Elle remarque toujours ce genre de choses. Les garçons de la classe l'ont surnommée Delanoix-la-noix.

— Jonas, gronde-t-elle, tu n'as fait que trois problèmes.

Jonas ne répond pas.

— Qu'est-ce que tu faisais pendant tout ce temps?

Jonas ne répond toujours pas.

Madame Delanoix prend sa feuille pour voir de plus près. Elle aperçoit la queue à côté de la question numéro 11.

— Qu'est-ce que c'est ça?

— C'est une queue. Une queue pour la souris que j'ai dessinée.

Jonas retourne la feuille pour la lui montrer. Madame Delanoix examine la souris.

— C'est un bon dessin, dit-elle enfin. Est-ce que tu as une souris à la maison?

— Oui… si on peut dire.

— Et comment s'appelle-t-elle?

— Cléo.

— C'est un joli nom. Mais crois-tu être capable de te concentrer un peu plus sur ton arithmétique si je te donne quelques minutes de plus?

Jonas jette un coup d'oeil rapide sur sa copie.

— Je pense que oui.

— Alors, au travail!

Jonas travaille très fort. Il doit même écrire quelques-unes des réponses par-dessus le corps de la souris. «C'est quand même un très beau dessin», se dit-il.

À la récréation, Éric et Philippe viennent le rejoindre.

— Tu as une vraie souris chez toi? Je pensais que ta mère ne voulait pas d'animaux, dit Éric.

— C'est vrai.

— Alors, comment peux-tu avoir une souris? demande Philippe.

— Je ne l'ai pas encore. Mais je vais l'avoir bientôt.

Après l'école, Jonas va retrouver Sara chez la gardienne, madame Velasquez. Comme son nom est difficile à prononcer quand on est pressé, elle laisse les enfants l'appeler madame Vé.

Jonas se demande s'il y a des trous de souris derrière la cuisinière de madame Vé. Il y jette un coup d'oeil rapide, mais il n'en voit pas. Il est bien content, car madame Vé a une grosse chatte caramel qui s'appelle Boulette.

Jonas l'aime bien, Boulette. Elle se roule en boule sur ses genoux quand il regarde la télévision. Mais il ne veut surtout pas que Cléo monte à l'appartement de Boulette.

À six heures, maman vient chercher les enfants comme d'habitude. Quand ils rentrent chez eux, elle sort de son sac à main un petit sac de papier.

— Qu'est-ce que c'est? demande Jonas.

— Un piège à souris.

Sa mère n'a donc pas oublié. Elle a peut-être changé d'idée et décidé d'aider Jonas à attraper la souris pour qu'il puisse la garder et jouer avec elle.

— Est-ce que je peux voir? Comment ça fonctionne?

— Je te le montrerai plus tard. Il faut d'abord que je fasse le souper.

— Est-ce qu'on peut avoir des nouilles avec du fromage ce soir? demande Sara.

— Je pense que oui.

— Sup, sup, super! font ensemble Jonas et Sara. C'est leur repas préféré.

— Mettez le couvert pendant que je fais bouillir l'eau pour les nouilles.

Jonas place vite les trois couverts, sans même demander à Sara de l'aider. Les nouilles ont à peine commencé à cuire que Jonas a déjà fini.

— Est-ce que je peux voir le piège maintenant, maman?

Elle sort le piège du sac et le pose sur le plancher.

— Fais attention, ne t'en approche pas trop.

Jonas regarde de loin.

— Tu prends la tige et tu bloques le ressort. Dès que la souris touche au ressort... Pouf! Elle est prise, explique maman.

Jonas est pétrifié d'horreur.

— Mais maman! On ne peut pas se servir de ça! Ça va lui faire mal! On va l'écrabouiller!

— Oui, évidemment. Mais il faut s'en débarrasser.

— Non. N-n-on! bégaie Jonas. Je voulais l'attraper pour la garder.

— Pour la garder?

Maman est déconcertée.

— Tu sais bien que je ne veux pas d'animaux dans l'appartement, Jonas. Et surtout pas de souris!

— Mais maman! Tu n'as sûrement pas le

droit de faire mal à une petite souris, comme ça. Elle est tellement jolie avec ses oreilles roses et ses moustaches et... Tu n'as pas le droit!

Une larme roule sur la joue de Jonas. Sa mère est un peu bouleversée, elle aussi. Elle remet le piège à souris dans le sac de papier.

— Laisse faire. Nous en reparlerons plus tard. Le souper va être prêt. Va chercher Sara, tu veux?

Chapitre 3

La souris express

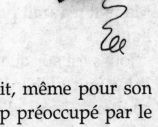

Jonas n'a pas d'appétit, même pour son repas préféré. Il est trop préoccupé par le piège à souris.

Il est bien heureux que sa mère l'ait remis dans le sac. C'est peut-être signe qu'elle n'aime pas le piège, elle non plus. Après souper, la vaisselle terminée, il s'assoit pour réfléchir.

Il essaie de se souvenir d'un dessin qu'il

a déjà vu dans un livre, une autre sorte de piège qui attrape les animaux sans leur faire de mal.

Il revoit le dessin dans sa tête. C'est une boîte appuyée sur un bâton avec un appât dessous. Il y a un fil attaché au bâton et pendant que l'animal mange l'appât, il suffit de tirer sur le fil. La boîte tombe et l'animal est prisonnier.

Si seulement il pouvait fabriquer un piège comme celui-là et attraper sa souris! Maman n'aurait pas besoin de se servir de l'autre.

Jonas est sûr que cela fonctionnera, mais il lui faut d'abord une boîte. Une boîte à souliers ferait l'affaire. Justement, la semaine dernière, Sara a reçu une paire de souliers avec de petits lapins sur le bout.

Sara est dans sa chambre.

— Est-ce que tu me prêtes ta boîte à souliers avec des lapins dessus pour un bout de temps?

— Pour quoi faire?

— Pour attraper la souris.

Sara fait la moue.

— Ce n'est plus une boîte, c'est le lit de ma poupée.

— Mais je te la rendrai dès que j'aurai attrapé la souris. Ça n'abîmera pas ta boîte. Promis.

— Est-ce que ça va faire mal à la souris?

— Non. En tout cas, j'espère que non. Mais le piège de maman l'écrabouillerait d'un coup. Tu ne veux pas une souris tout écrabouillée, non?

Sara secoue vivement la tête. Mais elle n'est pas encore convaincue.

— Comment ma boîte peut-elle bien attraper une souris?

— Prête-la-moi et je vais te montrer.

Sara se faufile sous son lit et lentement, elle en ressort la boîte à souliers. De petits lapins dansent sur les quatre côtés de la boîte. Elle soulève délicatement sa poupée de chiffon et les restes de sa couverture de bébé.

— Tiens, dit-elle en tendant la boîte à Jonas.

— Merci.

Jonas prend la boîte et va dans la cuisine, Sara sur ses talons. Il trouve une règle dans le tiroir et y attache un bout de ficelle. Puis il soulève un bout de la boîte, l'appuie sur la règle et laisse courir la ficelle sur le plancher.

Maman les trouve tous les deux assis par terre.

— Qu'est-ce que vous faites?

— On va attraper la petite souris, dit Sara très excitée. Avec ma boîte à souliers à lapins!

— Oh, je vois.

Maman regarde Jonas avec un drôle d'air, mais elle n'a pas la voix fâchée. Ça aussi, c'est bon signe.

— S'il te plaît, maman, laisse-moi essayer de l'attraper avec mon piège.

— Eh bien...

Jonas retient son souffle.

— Ça va. Tu peux essayer. Et qu'est-ce que tu as comme appât?

— Des biscuits.

— Des biscuits? Tu es bien sûr que les souris aiment les biscuits?

— La mienne, oui.

Il ne reste qu'un seul biscuit à l'avoine. Jonas l'écrase et il place les miettes en petit tas sous la boîte.

Sara veut manger les plus gros morceaux. Jonas lui en trouve quelques-uns. Après tout, c'est la boîte de Sara.

Ils s'assoient par terre, au bout de la ficelle. Ils attendent, ils attendent, mais rien ne se passe. La souris ne se montre pas. Le jeu ennuie vite Sara et elle décide d'aller plutôt regarder la télévision. Ensuite, c'est l'heure pour elle d'aller au lit et Jonas entend maman lui raconter une histoire. Lui ne bouge pas; il attend.

Quand Sara est couchée, maman revient dans la cuisine.

— Tu vas passer la soirée là, Jonas?

— Oui.

— Tu rates ton émission préférée.

— Je sais.

Maman le regarde un petit moment puis elle vient s'asseoir par terre avec lui.

— Je vais faire le guet avec toi.

C'est bon d'être assis comme ça avec sa mère. Ils discutent un peu, tout bas. Jonas parle de son dessin sur la feuille d'arithmétique.

Enfin, ils entendent un petit bruit, un grattement très doux. La souris surgit de derrière la cuisinière.

Jonas et sa mère ne bougent pas d'un poil. La souris ne semble pas les voir. Elle court à gauche, à droite et bien vite découvre les miettes de biscuits.

D'abord, elle se contente de grignoter du bout des dents les premières miettes qu'elle rencontre. Jonas attend. Il attend qu'elle soit complètement sous la boîte.

Cela semble lui prendre une éternité...

Aussitôt la souris sous la boîte, Jonas tire sur la ficelle.

Il a été vif comme l'éclair.

Mais la souris a été encore plus rapide. Avant que la règle et la boîte ne tombent, la souris s'est enfuie et elle a disparu à toute vitesse derrière la cuisinière!

Jonas et sa mère se regardent.

— C'est une souris ultra-rapide! dit Jonas plein d'admiration.

— Oui.

— Et très intelligente en plus!

— Oui, ajoute sa mère en fronçant les sourcils. Jonas, il faut vraiment l'attraper même si elle est très intelligente.

— Mais pas avec ton piège! Laisse-moi en essayer un autre.

Maman hésite.

— S'il te plaît, supplie Jonas.

— Bon... d'accord. Je veux bien te donner une autre chance. Mais comment vas-tu faire?

Chapitre 4

Pas de chance!

Jonas se pose la même question. De quelle autre façon peut-on attraper une souris sans lui faire de mal?

Il s'assoit pour mieux y penser. Une émission de télévision sur les animaux lui revient à l'esprit. On y parlait de la capture d'animaux sauvages. Si seulement il pouvait se rappeler! Tout à coup, Jonas trouve l'idée.

— Je sais comment! Il faut faire un piège à tigre. J'en ai vu un dans une émission sur la nature. Les chasseurs creusent un trou dans la terre; ils le recouvrent de branches et le tigre tombe dedans et...

Sa mère secoue la tête.

— Jonas! On ne peut pas creuser un trou dans le plancher de la cuisine!

— N-n-on...

Ils se taisent tous les deux.

— Je me demande si... dit sa mère lentement. Je me demande si on ne pourrait pas faire un trou au-dessus du plancher.

— Un quoi?

— Un trou au-dessus du plancher. On pourrait se servir de ta corbeille à papier.

Jonas écarquille les yeux, tout excité.

— Ça, c'est une idée! On met une planche qui monte jusqu'au bord de la corbeille et des biscuits dedans. La souris saute pour manger les biscuits et elle est prise au piège.

— Tu as raison. Et je ne crois pas qu'elle

puisse grimper le long de la corbeille. Où vas-tu trouver une planche?

Question casse-tête… Il faudrait que ce soit quelque chose de long et de solide. Jonas réfléchit.

—Je pourrais prendre l'affiche de dinosaure que j'ai faite l'an dernier. Je l'ai faite sur du carton fort. Je peux bien en couper un bout…

— Jonas, tu es sûr que tu veux la couper?

Il n'en est pas sûr du tout. Couper son affiche de dinosaure? Il a mérité une étoile pour ce dessin-là. Mais il ne trouve rien d'autre dans l'appartement qui pourrait servir de planche.

— Oui, je suis sûr. Je pourrai toujours la recoller après.

Jonas va chercher l'affiche et sa corbeille à papier. Il découpe une étroite bande de carton et en fixe un bout au rebord du panier.

— Il ne reste plus de biscuits à l'avoine. Je

vais prendre les biscuits au chocolat. Je suis sûr qu'elle va les aimer autant.

Il est déjà tard quand le piège est prêt. Jonas va au lit, sachant bien qu'il ne s'endormira pas. Il va rester éveillé et tendre l'oreille. Au moindre petit bruit de souris, il se lèvera, ira à la cuisine et…

Mais il sombre dans le sommeil. Il ne s'éveille même pas le lendemain matin. Le premier son qu'il entend, c'est la voix de sa mère qui dit : «Allez, mon Jonas, on se prépare pour l'école?»

Jonas se précipite à la cuisine. Le piège est toujours là, les miettes de biscuit aussi, mais de la souris… pas de trace.

—Ça n'a pas marché! confie-t-il tristement à sa mère.

— Non. Ça n'a pas marché du tout.

—Peut-être qu'elle avait eu trop peur pour revenir hier soir? Peut-être que ce soir, elle va revenir?

Jonas regarde sa mère, les yeux pleins

d'espoir. Mais elle a les yeux tournés vers le comptoir où se trouve le piège à ressort.

— Il faut qu'on attrape cette souris, Jonas.

Elle n'ajoute plus rien.

Chapitre 5

Enfin de l'aide

Jonas part pour l'école, le coeur dans les talons. Il ne pourra pas continuer longtemps ce petit jeu avec sa mère. Il revoit dans sa tête le piège à souris et la façon dont il ferait *sprounch*. Pauvre petite souris…

Il y pense encore à la récréation. Au lieu de courir avec les autres dans la cour de l'école, il reste dans la classe pour en parler avec madame Delanoix.

— Madame Delanoix, avez-vous peur des souris?

— Non, pourquoi? fait-elle, un peu surprise.

Jonas fixe le bout de ses souliers. C'est peut-être une erreur de demander l'avis de Delanoix-la-noix. Il regarde encore plus obstinément par terre.

— Est-ce à propos de ta souris? dit enfin madame Delanoix.

— Ce n'est pas vraiment ma souris. Pas encore. Elle vit derrière la cuisinière et ma mère dit qu'il faut l'attraper. Elle a même acheté un piège. Est-ce que vous savez ce que ça fait, les pièges à souris?

Madame Delanoix hoche la tête.

— Ils font *sprounch* sur la souris, précise Jonas pour être sûr qu'elle a bien compris. C'est horrible. C'est pour ça que je veux l'attraper autrement. J'ai déjà vu le dessin d'une boîte montée sur un bâton...

— C'était dans ton livre de lecture, dit madame Delanoix.

Jonas se tait, étonné.

— Dans mon livre de lecture?

Il n'arrive pas à le croire. Il n'y a jamais rien d'intéressant dans les livres de lecture.

— Oui, c'est un des premiers textes que nous avons lus cette année. Alors, ça a marché?

— Non. Je n'ai pas été assez rapide. C'est une souris express! dit-il, très fier.

— La plupart des souris sont extrêmement rapides, ajoute madame Delanoix.

Elle semble impressionnée. Pas du tout Delanoix-la-noix. Jonas continue.

— Alors, j'ai essayé un autre genre de piège. J'ai pris ma corbeille à papier et j'y ai installé une espèce de planche sur le rebord pour que la souris puisse tomber dans la corbeille. Sauf que ça n'a pas marché non plus.

— Ah non?

Madame Delanoix a l'air pensive.

— Et qu'est-ce que tu avais mis comme appât?

— Des biscuits. Ma souris aime les biscuits.

— Oui, peut-être... Mais je pense qu'il te faut une odeur plus forte pour l'attirer dans la corbeille. Tu devrais essayer avec du beurre d'arachides.

— Du beurre d'arachides? Les souris aiment le beurre d'arachides?

— Elles adorent ça. Tu en mets de toutes petites mottes le long de ta planche. De toutes petites... il ne faut pas que ta souris ait le ventre plein avant d'arriver dans la corbeille, n'est-ce pas?

— C'est vrai.

— Tu me tiendras au courant, d'accord?

— Promis!

Jonas fixe le plancher, les yeux baissés à nouveau.

— Euh... Merci, madame Delanoix.

Il part en courant rejoindre les autres dans la cour.

Éric l'attend derrière la porte de la classe.

— C'est comme ça que tu t'y prends pour avoir une souris!

— Ce n'est pas juste! Tu écoutais!

— Ne te fâche pas. Je pense que c'est une idée géniale.

— Tu penses?

— Oui. Et comment tu vas l'appeler?

— Elle a déjà un nom. Elle s'appelle Cléo. Cléo, la souris express.

— Et où vas-tu la garder quand tu l'auras attrapée?

Jonas pousse un grand soupir.

— Ça, c'est un autre problème.

— Tu sais, le magasin d'animaux sur la rue du Fort... Après l'école, on ira voir s'ils vendent des cages à souris.

Les deux garçons s'empressent d'aller rue du Fort dès que la classe est terminée. Au magasin d'animaux il y a plusieurs cages, parfaites pour une petite souris brune. Mais elles coûtent très cher.

— Vingt-quatre dollars juste pour une

cage? chuchote Jonas en regardant les prix. Comme ça, sans rien dedans?

— C'est du vol! fait Éric sans même demander à Jonas s'il a les vingt-quatre dollars pour la cage. Il sait qu'il ne les a pas.

— Tu pourrais peut-être en demander une pour ton anniversaire. Raphaël a reçu un vélo dix vitesses pour le sien, aujourd'hui. Un rouge.

— Il l'a eu? C'est vrai?

Jonas est impressionné. Personne dans la classe de troisième année n'a de vélo dix vitesses.

— Il a de la chance, Raphaël. Moi, mon anniversaire, c'est dans des mois!

— C'est moche!

Les deux garçons sortent et Jonas rentre tout seul à la maison. Il est tard quand il arrive enfin chez madame Vé.

— Je commençais à m'inquiéter, dit-elle.

— Je suis allé avec Éric voir les cages à souris au magasin d'animaux.

Madame Vé ouvre de grands yeux.

— Tu as une souris?

— Si on veut... C'est une petite souris brune qui sort tous les soirs de derrière la cuisinière.

— Ah, ces souris-là! Je peux te prêter Boulette si tu veux. Elle va t'en débarrasser très vite.

Jonas regarde la chaise où dort Boulette. La chatte s'étire en bâillant. Jonas peut voir sa langue rose et ses petites dents blanches et pointues.

— Noooon!

Il a l'impression de sentir les dents lui entrer dans la peau.

— Non! Je ne veux pas me débarrasser de la souris, je veux la garder.

— Ah oui? Et ta mère, elle est au courant?

— Pas encore, dit tristement Jonas.

Chapitre 6

Réussite!

Quand Jonas, sa mère et Sara entrent dans l'appartement ce soir-là, la corbeille à papier est toujours à côté de la cuisinière.

— Range la corbeille dans ta chambre, veux-tu, Jonas? On va trébucher dessus si tu la laisses là.

Jonas sent son coeur se serrer. Elle ne va plus lui laisser la chance d'essayer son piège? Il range la corbeille, mais tout de suite après souper, il retourne la chercher.

— J'ai parlé du piège à mon professeur. Elle m'a dit que le beurre d'arachides ferait un bien meilleur appât.

— Du beurre d'arachides?

— Oui. Elle a dit qu'avec ça, le piège fonctionnerait, dit Jonas d'une voix ferme.

Ce ne sont pas exactement les paroles de madame Delanoix, mais il doit convaincre sa mère à tout prix. Jonas se met au travail et pose de petites mottes de beurre d'arachides à l'intérieur de la corbeille et tout le long de la planche.

À son grand soulagement, sa mère ne l'en empêche pas. Elle ne semble pas pressée de se servir de son piège.

— Le beurre d'arachides va tacher ton dessin, tu sais, dit-elle simplement.

— Je sais.

Sa mère le regarde travailler.

— On devrait peut-être huiler un peu l'intérieur de la corbeille. Juste pour s'assurer que les parois soient assez glissantes pour que la souris ne puisse pas s'échapper.

— Bonne idée.

Quand il a fini d'installer son piège, Jonas va se coucher. Il essaie encore de ne pas dormir mais, comme la veille, il s'endort. Le lendemain matin, il s'éveille très, très tôt et court tout de suite à la cuisine.

— Maman! Le piège a fonctionné! On a attrapé la souris. Viens voir!

Sa mère arrive en courant et Sara aussi.

— Oh! Qu'elle est jolie, notre petite souris, fait Sara.

— Est-ce qu'elle est blessée? Elle ne bouge presque pas, dit Jonas.

Maman observe la souris pendant quelques minutes.

— Mais non. Elle a trop mangé, tout simplement; elle ne peut plus courir! Trop de beurre d'arachides!

En effet, il ne reste plus la moindre trace

de beurre d'arachides et la souris dort debout.

— Nous avons inventé un nouveau genre de piège à souris, dit fièrement Jonas.

— Oui. Mais maintenant qu'on a attrapé la souris, qu'est-ce qu'on va en faire?

— On pourrait la garder dans la corbeille à papier, suggère Jonas en pesant bien ses mots.

Mais il sait bien que ce n'est pas une bonne idée. La corbeille n'a rien à voir avec les cages à souris du magasin d'animaux. Sa mère hoche sévèrement la tête.

— Non. Absolument pas.

Jonas sait qu'elle ne reviendra pas sur sa décision. Il s'assoit par terre à côté de son piège pour trouver une solution.

— Je peux peut-être amener la souris à l'école. Je la mettrai dans la cage du hamster, dans la classe de maternelle.

Il lève les yeux vers sa mère. Elle ne hoche pas la tête, alors il continue.

— Est-ce que je peux encore emprunter ta boîte à souliers, Sara?

— Ma boîte à souliers? Avec les lapins? répond Sara en fronçant les sourcils.

— Je ne la briserai pas.

— Mais la souris peut la briser.

— Comment une petite souris peut-elle briser ta boîte? Surtout une petite souris endormie comme Cléo.

— C'est son nom?

— Ça pourrait… Cléo, tu aimes ça pour une souris?

Sara hésite. Jonas sait qu'il a gagné.

— D'accord. Tu peux prendre ma boîte pour Cléo l'endormie.

Jonas fait délicatement passer la souris de la corbeille à la boîte aux lapins. Maman la ferme soigneusement et l'attache avec une ficelle.

Jonas est bien trop excité pour déjeuner. Il part pour l'école bien avant que Sara et sa mère ne soient prêtes. Comme il a du temps, il décide de passer par le magasin d'animaux.

Le magasin n'est pas encore ouvert mais à l'intérieur, Jonas peut voir le patron parler aux animaux.

Jonas frappe à la fenêtre en montrant sa boîte. Étonné, le patron vient lui ouvrir.

— Est-ce que vous achetez des souris?

— Ça m'arrive. De quelle couleur sont-elles?

— Je n'en ai qu'une et elle est brune. Voulez-vous la voir?

— Non, merci. Je n'achète que des souris blanches.

— Mais elle est aussi jolie qu'une blanche. Elle est vraiment jolie.

— Non, merci. Je regrette, répond encore le patron en secouant la tête.

Jonas n'a plus rien à faire là. Il reprend la boîte sous son bras et continue son chemin. Dans la cour de l'école, il y a une bande de garçons près du support à vélos.

— Qu'est-ce qui se passe? demande Jonas en s'approchant.

— Raphaël a apporté son vélo dix vitesses, celui qu'il a reçu hier, dit Éric.

— Ooooh! fait Jonas.

Il dépose sa boîte à souliers par terre et se fraie un chemin jusqu'au vélo.

— Est-ce je peux m'asseoir dessus, Raphaël? Est-ce que je peux?

— Bien sûr, Jonas.

Raphaël est très fier de l'attention qu'on porte à son vélo.

— Attends ton tour, c'est moi le suivant, dit Jérémie.

Tout le monde veut s'asseoir sur le vélo de Raphaël. Il les laisse monter une minute, à condition que personne ne touche aux vitesses. Ils sont toujours autour du vélo quand sonne la cloche de neuf heures.

Jonas ramasse vite sa boîte et la reprend sous son bras. Il se met en rang avec les autres et s'empresse de regagner sa classe.

— Madame Delanoix, le coup du beurre

d'arachides a fonctionné! Juste comme vous l'aviez dit! J'ai apporté ma souris et...

Jonas s'arrête net. Un des coins de la boîte a été grignoté. Il regarde par le trou et s'aperçoit tout de suite que la petite souris brune s'est sauvée...

Chapitre 7

Souris en liberté

Oh non! J'ai perdu ma souris. Elle s'est sauvée!

Il regarde toujours la boîte, consterné.

— Et elle a bousillé la boîte de Sara! Il y a un trou dans un des lapins.

Madame Delanoix prend la boîte des mains de Jonas. Elle dénoue la ficelle et soulève le couvercle.

— Elle est bel et bien partie. Tu l'apportais pour nous la montrer?

— Ce n'est pas tout à fait ça. Ma mère a dit que je ne pouvais pas la garder à la maison. Alors j'ai pensé que je pouvais l'installer dans la cage du hamster de la maternelle. C'est une très grande cage.

— Oh, Jonas! Ça n'aurait pas marché. Le hamster aurait sans doute attaqué une aussi petite souris.

— Ah oui?

— Oui. Et il aurait pu la manger.

Jonas a la gorge serrée rien que d'y penser. Personne ne semble aimer sa souris. Personne, sauf madame Delanoix.

— Où avais-tu posé la boîte quand ta souris s'est échappée? Dans le terrain de jeu?

— Oui.

— Alors, elle s'est sans doute trouvé un petit trou à l'heure qu'il est. Tu sais, Jonas, elle sera bien plus heureuse là que dans une cage.

— Mais comment va-t-elle se nourrir? demande Jonas tout inquiet.

— J'ai échappé la moitié de mon gâteau dans la cour hier, dit une des filles de la classe. Ça lui fera toujours ça à manger.

— Et j'ai des arachides dans mon lunch, renchérit Éric. Je vais aller en porter quelques-unes pour Cléo.

— C'est toujours comme ça qu'elle s'appelle? demande madame Delanoix.

— Cléo, la souris express, précise Jonas.

Il se sent déjà mieux. Tout à coup, il pense à la boîte de Sara.

— Mais qu'est-ce que je vais faire pour le trou? J'avais promis à ma soeur que ma souris n'abîmerait pas sa boîte à petits lapins.

— Laisse-moi voir, fait madame Delanoix en examinant la boîte. Hum... J'ai du ruban gommé vert dans mon tiroir. On pourrait décorer la boîte avec des bandes vertes. On pourrait même faire du gazon... les lapins danseraient dessus. Et on en mettrait un peu plus à l'endroit où il y a le trou.

Madame Delanoix sort son ruban vert. Pendant que la classe fait des problèmes d'arithmétique, elle colle du gazon tout autour de la boîte.

Jonas trouve que la boîte est encore plus jolie comme ça. Madame Delanoix est une vraie soie! Et désormais, décide Jonas, elle s'appellera Delanoix-la-soie. Il avisera tous les garçons à la récréation.

Quand Sara découvre sa boîte aussi joliment décorée, elle en est éblouie. Elle court vite la montrer à madame Vé.

— Ma poupée pourra s'imaginer qu'elle dort dans un champ maintenant, dit-elle joyeusement.

Jonas ne parle même pas du trou. Il se contente d'expliquer que son professeur croyait que les lapins avaient besoin de gazon pour danser.

Quand maman rentre, elle demande :

— Et ta souris, Jonas? Qu'est-ce que tu en as fait?

— Je l'ai laissée partir.

— C'est bien. C'est probablement la meilleure solution.

Elle met l'eau à chauffer pour les nouilles.

— Tu mets le couvert, s'il te plaît, Jonas?

Jonas prend les couteaux et les fourchettes dans le tiroir et au moment où il commence à les disposer sur la table, quelque chose sur le plancher attire son regard...

Ce sont de petites touffes de bourre. La bourre de sa chaise préférée. Ce matin, il n'y en avait pas...

Jonas n'en dit rien à sa mère, mais il décide d'attendre avant de recoller le morceau de son affiche de dinosaure.

Il sait bien qu'avant longtemps, il trouvera sûrement une autre souris express...